Este libro es para

_____

Con amor, de

_____

Fecha

_____

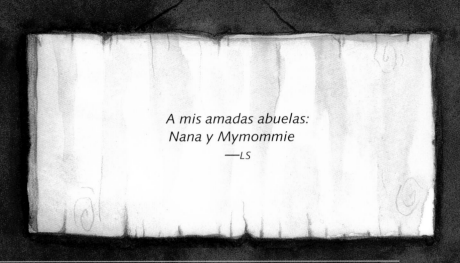

A mis amadas abuelas:
Nana y Mymommie
—LS

La misión de Editorial Vida es ser la compañía líder en satisfacer las necesidades de las personas, con recursos cuyo contenido glorifique al Señor Jesucristo y promueva principios bíblicos.

EL AMOR ES BONDADOSO
Edición en español publicada por
Editorial Vida – 2019
Nashville, Tennessee
© 2019 por Editorial Vida
Este título también está disponible en formato electrónico.

Originally published in the U.S.A. under the title:
Love is Kind
Copyright © 2018 by Laura Sassi, Illustrations © 2018 by Lison Chaperon
Published by Zonderkidz, a trademark of Zondervan, Grand Rapids, Michigan 49546
All rights reserved.
Further reproduction or distribution is prohibited.

Editora en Jefe: *Graciela Lelli*
Traducción: *Danaé Sanchez*
Adaptación del diseño al español: *Mauricio Diaz*

ISBN: 978-O-82974-227-5

CATEGORÍA: Ficción juvenil /Temas sociales / Valores y virtudes

IMPRESO EN CHINA
PRINTED IN CHINA

19 20 21 22 23 LSC 9 8 7 6 5 4 3 2 1

El amor es bondadoso

Escrito por
Laura Sassi

Ilustrado por
Lison Chaperon

Vidaniños®

Pequeño Búho tintinaba las monedas en su bolsillo.
Era el cumpleaños de Abuelita, y finalmente tenía
suficiente dinero para comprarle algo especial: una
caja de chocolates con forma de corazón.

Sacó las monedas —brillantes, nuevas y listas para
gastar—. Entonces...

«¡Ay, no! ¡Regresen!».
Tambaleándose y rebotando, las monedas **rodando**
cayeron en el dique de Castor.

Castor se alegró. «¡Mami, te equivocaste! El hada de los dientes vino después de todo. ¡Me trajo tres monedas de oro!».

«¡Espera! —gritó Pequeño Búho . Esas son mis...».

Pero luego se detuvo. Castor lucía tan feliz.

«Caramba, qué afortunado. ¡Qué tengas un dientífico día!», dijo Pequeño Búho.

Su obsequio para Abuelita tendría que esperar.

EL AMOR
ES
PACIENTE

Algo le llamó la atención a Pequeño Búho de camino a casa. ¡Dinero! «¡Después de todo, sí podré comprar la caja de chocolates con forma de corazón!».

Fue entonces que vio el anuncio.

DINERO PERDIDO
$1.00
SI LO ENCUENTRA,
ENTRÉGUELO A
LA SRA. RATÓN.

A Pequeño Búho se le estremecieron las alas. De verdad quería esos chocolates para Abuelita, pero no quería comprarlos con el dinero de la Sra. Ratón.

Din-don. «Creo que esto le pertenece».

La Sra. Ratón batió las patas. «¡Gracias! Ahora puedo preparar la habitación del bebé. ¡El Sr. Ratón y yo estamos esperando bebés!».

Pequeño Búho sonrió. «Qué buena noticia. ¡Felicidades!».

Pequeño Búho se marchó pesaroso.
Y luego...

¡PUM!

Chocó con Conejo.

Conejo tenía tres cajas de chocolates con forma de corazón.

"Para Ma,

para Pa,

y para mí!», cantaba Conejo.

A Pequeño Búho se le pusieron las plumas de punta.

«¡Tú tienes tres! Eso no es jus...».

Pequeño Búho se detuvo.
Enfadarse no haría que
Abuelita obtuviera sus
chocolates.

Pequeño Búho respiró
profundamente.

«Conejo, ¡qué chévere! Disfruta tus golosinas»."

«Gracias», dijo Conejo, y se marchó saltando.

El amor no es envidioso...

no se enoja fácilmente...

no se comporta con rudeza.

Pequeño Búho sentía el corazón vacío. Tanto trabajo para buscarle a Abuelita algo especial.

En eso…

Conejo regresó saltando y le entregó un cupón a Pequeño Búho. «Para que tú también puedas tener chocolates».

«¡Bueno por una caja de los famosos chocolates de la Ardilla rayada!».

Pequeño Búho dio volteretas. «¡Le voy a regalar chocolates a Abuelita! ¡Le voy a regalar chocolates a Abuelita!».

El amor no es egoísta...
todo lo espera.

Se fue bailando por la pradera
hacia la tienda de chocolates de la
Ardilla rayada.

SOMBREROS

CERRADO

CHOCOLATES
ORGÁNICOS

CERRADO

Pero apenas girando en la
esquina, se percató de que
Ardilla sostenía un anuncio
que decía: «Cerrado».

Pequeño Búho suspiró. «¿Ya cerró?».

«Sí —parloteó Ardilla—. Necesito hacer más chocolates para la mañana».

Pequeño Búho engulló. «Comprendo. Buenas noches».

Pequeño Búho no tenía nada que
darle a Abuelita en su cumpleaños.
Nada más que un cupón arrugado.

Entonces —Zum— el viento se llevó eso también.

Sin nada bajo el ala, Pequeño Búho caminó cabizbajo hasta la casa de Abuelita.

«¿Por qué tan triste?»,
le preguntó Abuelita.

Pequeño Búho intentó retener las lágrimas. Luego le contó a
Abuelita acerca de Castor, y de la Sra. Ratón, y de Conejo y de la
tienda de chocolates de Ardilla rayada.

Abuelita sonrió. «Pequeño Búho, tú extendiste amor dondequiera que fuiste hoy. ¡Eso es mejor que cualquier caja de chocolates con forma de corazón!».

Las alas de Pequeño Búho se crisparon. «¿De veras?».

El amor todo lo soporta.
El amor jamás se extingue.

Él miró su propio reflejo en el ventanal de Abuelita, y soltó una risita.
«¡Bueno, no es chocolate, pero creo que después de todo, sí te di un obsequio con forma de corazón!».

«Y ese es el mejor obsequio de todos»,
dijo Abuelita.